伝言

中江俊夫

思潮社

伝言

中江俊夫

思潮社

装幀＝思潮社装幀室

目次

伝言

背中

地球が　かゆいと思った
その瞬間
鳥も　かゆい
魚も　かゆい
犬も　かゆい
畑だって　かゆい
里芋はもちろん　かゆい
蟬も蝶もひとしきり　かゆい

蛇はもっともっと　かゆい
身もだえする
その時
世界中みんな
海も　山も
背中が
かゆい

無言で

なにかが
どこからかやってきて
ここにいる　無言で

だれかが
あちらからやってきて
のぞく　無言で

よくみしっているものが
あいかわらずさと
はなしかける　無言で

柩

ぼくが先に死んだら
この失敗作の馬鹿に大きな犬小屋を
自分の柩に利用させてもらおうと
本気で考えた
その際犬たちは　宿無しだ

だが　犬たちが先に死んだら
遠慮なく小屋は草花の温室に改造させてもらうよと

かれらに　承知させておいた
二匹の犬があっけなく病死してしまうと
思いもしなかった時

放置して動かせなかった
毛布と　食器が
泥と埃に汚れて
ふたつの首輪とひもが　根気強く
犬小屋の薄暗い奥で　かれらを何年も待っている

いいよお前たち　気まぐれに
魂は駆け巡って帰ってくるさ
稲妻の速さで天空を一周して
それから　かつての川原でのように
ある日　草の茂みからぼくの心臓に重なりに

街道筋

ぬすっと足が　ひたひた
人っ子ひとり居ない深夜に
街道筋を歩いていく

ぬすっと足が忍び歩く音は
家並の各々の家で
あるじが聴いている

聴こえないふりをして　テレビの音なんかを大きくする嫁たちは
どの地方ニュースですらまったくそれを報道しないわけを推量する
ぬすっと足が　こうして歩くのを
布団の中で　はっきり耳にしている子供たちのことは忘れて

なにをぬすんで　運んでいるのか
それともこれから　どこかへぬすみに向かうのか
ぬすっと足なんかが　決してこの世に存在しているわけがないのだからと
誰一人　見とどけようとはしない

そんなことをした足は　ぬすっと足に間違われる
川原でその足あとを幾つも見つけた　という噂すら
たちまち打ち消される

ある晩　ぬすっと足をその人がつけて行くと

いつのまにか逆に　うしろからつけてきたのだそうな
ぬすっと足が押入ってきた街道筋の
何軒もの家は　人が居ないで　家具などと衣類だけが放置されていた

大きな手

汚い暗闇を　剥ぐように
めりめりと
力ずくでめくる
大きなぬすっとの手
闇がわめきだす
死骸やら　汚物を　洪水のように際限なく
吐き出してくるから
徒党を組んだ　何本もの

大きなぬすっとの手は　やむを得ず闇を
そのまま元へ必死に封じ込める
ぬすっとの手よ　見せて欲しい
そんなふうに強引にではなく
春のあるとくべつの日　ひっそりとひとり
人には禁じられている恋人の秘匿の汚物の宝庫に
するりとしのび入る秘儀を

うた

不幸の種を自分で蒔けば
不幸の種は　どんどん育つ
芽が出て葉がのび枝幹が増え
もう見るまに　藪や林になる
そしてまた藪枯らしや屁くそかずらが繁茂して
自分もそこには住めなくなる

それにくらべると　幸福の種を蒔くのは

むつかしい
しかもそれは　育てにくい土地
どう育てたらよいのか　簡単にはわからない
ただ大事に　大切に育てたところで
嵐がきて　容赦なく全部を奪い　幸福を枯らしてしまう

幸福とはなにか　考えたところで人には多様な選択がある
めいめいの生き方で　選ぶしかない
しかしそれぞれのやり方で努力しても
どの畠でも　わずかに芽が出るだけ
自分なりの育て方が　なんとなくわかった頃には
みんな老いて死を待つばかりだ

人生はさらなる幸福を生むより
さまざまな不幸を育てることの方がいつも

はるかに多い　それで
死んだほうがましと人は視線をおとし
恥じたりするが
しかし人はやはり　あいかわらず幸福をもとめる

ひ弱いなまけ者のこのぼくが厚かましくも
さらなる不幸を　さらなる嘆きを　なぜ強く口にするのか
なぜ反抗するのか
常なる楽園への反抗をひそかに激しく願うのはなぜか
幸福はかならず他人の犠牲をともなっている
他人が犠牲になっていない幸福なんてあるだろうか

丘々

丘々のうえ
彼処　陽の当たる木々の間に
手を振る者は
応えれば
声がとどくかのように笑み

丘々のうえ
彼処　風わたる茅原をわけ

手を振る者は
応えれば
顔隠れまたなにか言う

丘々のうえ
彼処に行けば　墓石群れ
人気なく
雲のかげ　あわただしく覆うて
過ぎる

丘々のうえ
彼処　朝日夕日に染まる時
父母の村里かと
眺められる
ただ丘々　丘々　ありき

女の子に　ある日

マゼラン星雲に
サラダを混ぜ
いためたものは
どんな味　と
問われて
サラダ　おさらば
お皿もち
こびと　よろよろ

よろこびとぼしく
おろち　おろおろ
食った味　とは
木の幹の
着の身着のままの答え

今夜の読書会

哲学志望の虫たちが
理科の部室の電灯のともった花瓶スタンドに
集まった
あまりに退屈な免疫学や抗体の
学習資料よ　教官虎の巻よ
虫たちの体は　とっくにそんなものを克服して
知ったふうな議論をする人間の阿呆面とちがって
賢者なみの威厳をそなえてはいますから

これからの哲学を読みたい一心で　学びたい野心で
野の枯葉のしたや　小石の間から
あるいは山の繁みから　月夜の水面から
こうやって学校へやってきたのです
『存在と無』　きっとこれはまた退屈です
虫たちに

旅人

道をまちがえ　遠ざかっていることだけが
なんとなくわかって
彼は立ちどまるのさ
長年の経験という　磁心を働かせるため

家付き娘　家付き男の
ぼくらとちがって
ひとところに居たことがないのに　彼にどこへ

引き返せというのか

もうどこへ向かっているのか
彼にはわからないのだが
どこかへ向かわねばならぬ哲学と
帰るへ収束される価値観とは　やっぱり逆方向だ

だから誰とも相いれないで
彼は風雨のなかで視界などなくとも
彼一人　そこへ向かって歩く
そこから遠ざかりながら

時々

時々　すぐれた詩が寝言にちかくなる
君そんなものにはほどほどにつきあわないと
部長や犬にまで嫌われるぞ

時々　どうでもよい詩が素晴らしい啓示に満ちている
君そんなものにまで本気で惚れこんでいると
女房や猫も居なくなるぞ

しかし　寝言と啓示はどっちも程よく似ていて
受けとる側に問題があるらしいから
こんど評論家先生におうかがいしてみよう

間の抜けた詩も平日の胃痛なら良く効くもの
もひとつ　不眠症にも
こういうとりたてどうってことのない気楽なやつが　健康にはよい

当然

ぼくはそんな名前だったのかな
君が知っているような
ぼくはそんな存在だったのかな
君が知っているような
ぼくは風ではない
君が知っているような

ぼくは海でもない
君が知っているような
ぼくは鳥でもない
君が知っているような
要するにぼくはなんでもない
君が知っているような

面識

木や草は　みんな
それぞれが
じぶんがいたらないものであることを
よく知っていて
きわめてぎこちない　不器用な
身の処しかたで
おのおのの場所にすこしばかりこだわって
世間知らずを　恥じている

だれがまっ先に　ということもなく
みんな落着いていて　行動する
始めから終わりまで
数えきれない夜明けにも　日没にも
世界にはしっかりとつきあうつもりらしい
ぼくはかれらと　それほど頻繁に会ってはいないのに
出会うと
みんな面識があるような気がして　丁寧に挨拶するのさ

いい気な妄想

一

次の町には
ぼくを待っている人がいる
その人はもう永いこと
ぼくが来るのを待って
歳とってしまい
死にかかって　ぜん息で苦しみながら

病院の布団に横たわって　ぼくを待っている

次の町には
ぼくを待って通りにいる者がいる
その彼は生まれてすぐ
ぼくが三歳の時　よそにもらわれて行って
ぼくのことは
すっかり忘れてしまい
ひたすら他人を待っている

次の町には
ぼくを待って部屋に座っている影がいる
耳を澄まして　きちんと着物を着て
ゆっくりぼくは
こころの遠い距離を測りなおして

本当は　ぼくが聴いているのは母の
心臓がとまってしまった静寂

次の町には
ぼくを待っている尊い師がいる
足もとにひれ伏して　口にしたいことが
けれども今ではどこにも賤しい者ばかりしかいない
着いてみれば　毎度同じだ
誰もぼくと会って　話そうと　約束していない
車のじゅずつなぎみたいな曜日だけが「よおっ！」と声をかける

二

ぼくは誰かに夢見られている者
誰もぼくを夢見なくなれば

居なくなる

ここで応対する台所や風や樹や
分別のぼくの家も　夢見られて在り
世界ははじまりもなく終わりもない夢だから
途中で　ぷつんととぎれる

首尾一貫しないしありえない　支離滅裂の事柄も
ことごとく許されているのは
夢見る誰かの気まぐれで
ぼくはなにひとつ関らない
ぼくは誰かに夢見られている者
ほとんど忘れ去った時にかぎって思いだされる
こまごまとした　全く具体的懐かしさで

三

こうしていつも暮らしてきた
こうしてどこでも暮らしてきた
こうしていままで暮らしてきた
こうしていつまで暮らしていく

こうしていつも亡くしてきた
こうしてどこでも亡くしてきた
こうしていままで亡くしてきた
こうしていつまで亡くしていく

四

ぼくは無花果の見ばえのしない

皮を剝いている
やわらかい　赤葡萄酒色の透明な果肉が
あわ雪におおわれた六月のしめった肌から
覗く

ねっとりと呼吸する　獣性の生きものを
向かいあったまま　ふたりで黙ってたべて
汚した両唇を指でぬぐう
あなたは今朝だけの甘い果実
下腹から成りあがって　木で熟れたもの

伝言

ここには　立ち寄っただけ
ほんのちょっとの間
すぐに行かねばならぬのだし
挨拶もそこそこにして
本当にごめんよ
君とは　もっと話したかったのに

ここには　立ち寄っただけ

予定はなかったのに
来ちゃって　なんだか
ひどくごたごたしたところで　さわがしく
間違ったのだと思います
君とは　もうちょっと話したかったのに

しあわせな夢

ほのかに明るい　穏やかな
とてもしあわせな夢
眠りへ誘う母の声
わたしをかこんでいる湖の穂綿が揺れ
首すじを軽く打つ　さざ波と
かすかな涼風

母になにか言おうとして

やめてしまい
かわりに誰かが物語を静かに
ささやき語るのを　聴くうちに眠ってしまって
夢をみた　今この夢がさめれば
ぼくも消える

（失夢）

わたしの肉につつまれて　眠りながら
赦さないわ　あんたの独裁
あんたの資本主義　徹底的に否定してやる
わたしの心を舐めながら
なにが平和憲法よ　貿易自由化よ
わたしの肉につつまれて　眠りながら

寝首

同じ釜の
飯を食う
どなた様も
おたがいさま
一寸の虫にも
五分の魂

言わぬが花も
咲いている

目くそ　鼻くそを
笑うとか

釈迦の説法
屁ひとつ

秋の夕焼け
鎌を研げ

寝首かくなら
お前の首を（それが自分の首だったのさ）

固い乳首

ぺちゃぺちゃ噛んで味わって
やわらかい
陶器のししの
眠たい　おしゃべりな体毛の間からほっそり
赤い花の咲く
あたしを

あたしの断崖の　うわの空の

凝視は冷たい月
天使や人魚や妖精らの嘲ける
大地のあらたなざわめき
ぺちゃぺちゃ嚙んで味わってよ
乳首を

全容量

ぼくたちのことばを　虹にむすびあわせて
広げていく
美しいあなたの髪
あなたと死にたい

あなたと　等量均質に化して
すなおに　笑っていたぼく
あなたに食べられ

ぼくもまたあなたを食べた　晩餐

野草でいっぱい　茂みでいっぱい　森でいっぱい
空でいっぱい　大地でいっぱい
さて海はゆったりと　うねる　その
全容量

君の唇

君の唇を愛する
すべてのものの入口だから　ぼくの愛の入口だから
君の心臓を愛する
ぼくの心臓はそこで鼓動をうちたがるから
同じ肉と　同じ血を
二人の体に満たして
語りたがるから

幼時

嘘だとわかっていたけれど
土橋の下でひろった子　と言われ
なにかしくりと　心が痛んだ
冗談だとわかっていたけれど
物売り男から安く買った子　と言われ
なにやらほろっと　両手の力が抜けた

嘘だとわかっていたけれど

山の向うの池のそばで泣いていた子　と言われ
日がな一日　夜がな夜っぴて　遠く泣くものに耳をすませた
冗談だとわかっていたけれど
気のふれた女が置き去りにしていった子　と言われ
季節はずれのひんやりと冷たい風が　身も裂いた

しあわせの記憶

父母は居なかった
わたしは誰から産まれたのだろう
わたしはどの国で生まれたのだろう
どんな家族があったのだろう
わたしはそれらをまるで知らない

この父母は仮りの人
おぼえている土地は別の土地

おぼえている家は別の家
おぼえている国は別の国
そのくせその国がどこにあるやらほとんど知らない

次々に年号は取り替えられ
わたしはのちのちにこの土地に生まれたと教えられ
のちのちにこの家庭で育ったと教えられ
いつのまにか今の
国籍だ

朧にしかおぼえていない
この国ではない国がわたしの国
この土地ではない土地がわたしの土地
この家庭ではない家庭がわたしの家庭
かすかなしあわせの記憶だけがある

あなたは誰

住所不定から　住所不明へ
そうして　住居消失の
あなたは誰

魚たちでさえ　ひそむところがあるのに
木々でさえ　生え育つ場はあるのに
あなたにはただ　吐き気と歯ぎしりがあるだけだ

大根菜っ葉でさえ　ごぼうでさえ
雑草でさえ土の場所はあるのに
人の子であるはずのあなたには　身一つの住民票すらない

黒点

親に捨てられ
妻子にも見捨てられ
親戚一同からそっぽをむかれて
さ迷うのがお前のさだめ

国に愛想づかしされ
郷里に馬鹿にされ
隣国から追い出され

行き場所がないのがお前のさだめ

社会全体のつまはじきになり
見かぎった官も民も　居ないと同様の扱い
汚物にだけは　まとわりつかれ
下水道を流れるのがお前のさだめ

陽も照らさぬお前の行方
風も包まぬお前の素性
棺もなく　石のつぶてで
海　陸　山　みんな遠ざかる
烏のようなお前のさだめ

変な感じ

誰か　他人の足があると思って
その足首のあたりに
もう一方の自分の足指の先でさわっていた
（これはどうやらぼくのものらしい）
誰か　他人の首があると思って
片手をそのはげた額のあたりにあてると
掌に汚い脂じみたものが付着した

（これはどうやらぼくのものらしい）

誰か　他人の尻に電車の中でのようにぶつかったと思って
隣へ避けたら
避ける自分の臀部が無く　他人の尻が暗い横にあった
（これもどうやらぼくのものらしい）

誰か　他人の心臓がいやに大きく音をたて
鼓動をやめる
許可もなしに無礼な　とそいつに向かって怒鳴る
（これがもちろんぼくのものらしい）

こうなったうえは

のほほんとして
万事にこだわらずにいるのも
立ちすくんで
うずくまってしまうのも
しょせん人の体の代表的
ごく自然な所作です

どうえらべるわけもなく
目も耳もおとろえて　今はのほほんとしてわたしは
一身　ふとんと一畳あればよく
あと外界はぜんぶ敵と便利品だらけ
嚙みつく犬が来れば　嚙みつかれ
なぐりかかる男らからは　悲鳴をあげて逃げます

侵入者

しっかり閉めていたはずの門扉が
大きな音をたてて開く
しかし誰かが庭に入った気配はない
何本もの桜の幹のうるさいほどの蝉の鳴き声と
生い茂った茅にひそみながら　きりぎりすの自分を示す歌と
むこうの椋の大木に来ている鳥たちのかん高い威嚇と荒っぽい羽ばたきが
ひとしきり同時に聴こえている
そして

今度は門扉が大きな音をたてて閉まる

階段を降りる足どり

昼さがりの　ひっそりとした
東天満の小さなビルの画廊に
ぽつんと一人だけ立っていた男
（まちがいなく男！）は
私と入れちがいに
入口脇の机の上の
芳名帳に署名して去る

私がひそかに　心ときめかせている
女画家の
その目あての油彩画の数作を
舐めるように　盗み眺めて
しんとした画廊の出口で
開いた和綴じの紙片には
だがすべて　不思議に女名前ばかりならんでいる

先刻居た男にならって
私もまたことさら
女名前で署名し
ビルの急な狭い階段を
降りる　足どりを
絵柄のしどけない身のこなしで
女画家の魔法にかかり

歌

僕のもっているある一冊の
その章を
岩燕は一閃　飛んでいるのだし
別の一冊の漢籍のその頁を
寺の亀が千三百年も変らずに　ゆったりと泳いでいる

しかし
どの命も

偶然の瞬間に　見透せる
潮まねきですら
ひたすら　海辺でその
あだなる夢をまねきつづけ

僕のもってはいない一冊は
どの章も　どの頁も
戦争と破壊でべとべとに血ぬられちぎれていて
永遠にそこに梨の花は咲かず
しなやかな人生の両腕が歌うこともない

祝言

泥土を纏わせた
屍体の晴着にふさわしく
顔はなく　心はまた知らなくとも
頭髪は宙を流れ去っても
草の葉を纏わせた
幣屍の晴着にふさわしく
ふる里はなく　国はまた知らなくとも
女は纏わせた　泥土と草花の晴着を

血の夕焼けのなか

宿命

折れるのが幹
腐るのが根
枝や葉は
失せて

ひこばえもない
日に新たに
日々に新たに

すっかり国は潰え変わって
折れるのが幹
腐るのが根
心と命は
樹から　小鳥のように去って

古人

霊の糸も切れ　魂もほつれ
襤褸のほころびも修復できないのに
肉体の滅びが阻止できないのに
京はあざみの紫
ことばの縁　ことばの綾を尋ね
ことばの裏を繕って歩く
綾目も分かぬ
闇を辿って

壇の浦へ出た

月光

口　裂けてる
眼　裂けてる
鼻　裂けてる
耳　裂けてる

手　裂けてる
足　裂けてる
胴　裂けてる

頭　裂けてる

魂　裂けてる　秘所　裂けてる
草木　裂けてる
岩　裂けてる
土　裂けてる

風　裂けてる
陽　裂けてる
闇　裂けてる
神　裂けてる

生け贄

草の間を歩むとかげの
一足一足の動き
ゆったりと慎重な用心深さと
大胆な敏捷さが
瞬時に入れ替わる

口唇の絶え間ない渇きと
舌先の眼にもとまらぬ物色

文明を憫笑する
冷ややかな眼球の一閃
草の間を歩むとかげの時間

緑と　朱と　紫と　黄の
きらめく霊が　小動物として歩いてくる
八月　お前の心臓と腹腔とを解剖して石の上に晒した少年は
今自分の屍体を同じ太陽に何日も晒している
立派に　褒めたたえ賞賛される物となり

凍った白鳥

凍った白鳥は　テーブル上に
意識も感覚も無いまま

自身はどこにもとどまらない　涯無さのなかにいて
誰からも見て触れる物象として　こうも鮮明に確固と

凍った白鳥は　常に
前世と後世からも　意識も感覚も無いまま離脱

捨て置かれて　炎上する
廃棄物として

*

青のためのレクイエム

青年二人
娘二人
異様な女の声
商人
語り手　男三人　女二人
コーラス　男女

コーラス男全員（早口の問いかけがエキセントリックな調子。ピチカットの使用など）　女？　女？　女？　女？
コーラス女全員　男？　男？　男？　男？

青年　靴下　歯ぶらし　カミソリ　手帳　質札　紙入れ　鼻紙　新聞
　ももひき時計
　ふんどし背広
　つっかけ入歯
　風呂敷暦《こよみ》
（うさんくさそうな鼻息のルフラン）フンフンフンフンフンフン
異様な鋭い女の凶の声　鍵　地図　血　風　陽
（風の弦のひとうなり。大地のふるえ）
コーラス男女全員　できもの　あかあざ　筋肉　肋骨　腹わた　大腸

娘（かぎりなくやさしく）　鼻毛とやいと＊　あえぎと白眼　埃としらが

＊灸

異様な女声の託宣　血と泥　血と泥　血と泥

すべて無

大地の無

青年　顔がある

足がある

手がある

胴がある

娘　顔がない

手がない

足がない

胴がない

コーラス男全員　誰？　誰？　誰？　誰だろう？
女全員　人？　人？　人？　人かしら？
男全員　物？　物？　物？　物なのか？
女全員　花？　花？　花？　花なんて？
男全員　牛？　牛？　牛？　牛だろか？
男女全員　鯨？　鯨？　鯨？　鯨だ　多分

娘
鯨のねがい
海原のうえ
竪琴を聴き
夢見ることは
陸地を食べて
ぐっすり眠り
ゆったり泳ぎ

さっぱり忘れ
空まで行って
実在したい

鯨は泳ぐ
星空のなか
転がりながら
呟くことは
あるなしは夢
ほおずきの色
うっかり憂き世
やっぱり忘れ
まぼろし夢を
潮吹きしたい

青年

鯨が叫ぶ　闇夜にも
鯨が鯨
なめくじでなし
らいおんでなし
にんげんでなし
おれがおれ
――百科辞典を見てみろよ

鯨が泣くぞ　闇夜にも
兎は兎
いのししでなし
にわとりでなし
じゃがいもでなし
おれがおれ
――百科辞典を見てみろよ

コーラス男女全員　そう　そう！　そう！
　おれがおれ　たしかだ
コーラスの男一人（強い抗議、シュプレッヒ・メロディ）うそ！　うそ！　うそ！
　たしかじゃないぞ
コーラス男女全員（反撥、シュプレッヒ・メロディ）なんだ　じゃあ！
　なんだ　じゃあ？
コーラスの男一人（多少自信なく）ねずみ？　ねずみじゃないか！
コーラス男女全員（てんでに）豚！　ぞうきんバケツ！　ごみ箱！　ポリ袋！
　茶碗むし！

娘　そこにいる　誰かが
　そこにある　なにかが
　そこにいる　息たえ

そこにある　くずれて　ぬるぬる塊り
まるでねずみの山　まるでごみ箱　まるごと汚穢

商人　ようこそいらっしゃい
ごきげんいかがです
さあさあなんでもさあどうぞ
魂なんぞはいかがでしょう

コーラス男女全員　さあさあなんでもさあどうぞ
神様なんぞはいかがでしょう

商人　ではまたいらっしゃい
いやはや忙しい
そらそらなんでもそらどうぞ

豚まんなんぞはいかがでしょう

コーラス男女全員　そらそらなんでもそらどうぞ
人間なんぞはいかがでしょう

娘たち　どうやら死んじまった
誰やら行っちまった
話はとんじまった
青空こげっちまった

青年たち　うしろの正面　誰かいな
おもての今日は破れ穴

娘たち　兵士は死んじまった
国民行っちまった
国王こげちまった

話はとんじまった

青年たち　うしろの正面　誰かいな
おもての今日はにぎやかだ

コーラス男女全員　今日　この日　誰かの葬式
今日　この日　何かの葬式

(葬鐘。厳粛なもの。別途、滑稽なもの——例えば豆腐屋のらっぱの音のような——複奏される)

コーラス男女全員（てんでに）　三島さーん！　吉田茂閣下　浅沼さーん！　樺美智子さーん！　ケネディ　スターリン！　ゲバラ、ゲバラ！　ルムンバ　ナセル！　コルトレーンしゃん　ドゴール親方！

異様な物真似鳥めいた女の独白　トウサン？　デモナイ

カアサン？　チガウワ
カナリヤ？　イヤイヤ
あなぐま？　ウフフフ

娘　誰の葬式　今日この日
何の葬式　今日この日
誰もこず　誰も嘆かず
何もなく　何も嘆かず
うつむいた　無用の大地
この貧しさ

青年　身元もなければ　心もないのだ
断片　断片　ただただ切れはしの大地
コーラス男女全員　断片　断片　ただただ切れはしの私有地

青年　靴下　歯ぶらし　カミソリ　手帳　質札　紙入れ　鼻紙　新聞
　ももひき時計
　ふんどし背広
　つっかけ入歯
　風呂敷暦

マンガチックな小鳥のさえずりのような女の声　チチシススグカエレ
　チチシススグカエレ
　チチシススグカエレ
　チチシススグカエレ

青年と娘たち　ここで祈ろう父なる上衣よ
　母なる質札
　いかに嘆こうこれらの主たち

まぶしい真昼にかわいた夜空

ここで祈ろう父なる肋骨
母なる体液
いかに嘆こうこれらの主たち
まぶしい真昼にかわいた夜空

ここで祈ろう父なるしらがよ
母なる紙入れ
いかに怒ろうこれらの主たち
まぶしい真昼にかわいた夜空

コーラス女全員　にわかに　男全員　突然
にわかに　突然
にわかに　突然

にわかに　　　　　　突然

青年　風に心うばわれ
　　　空に心うばわれ
　　　行った者はさいわい
　　　さようならさようなら
　　　へんに明るい　幼児時代の
　　　丘の白いされこうべ
　　　蝶に心うばわれ
　　　魚に心うばわれ
　　　消えた声はしあわせ
　　　こんにちわこんにちわ
　　　君はいまでも　青い昔の
　　　川の白いされこうべ

青年　彼岸花！

娘　柱時計！
　港！
娘　おしだまった！
青年　月が割れる！
娘　月が割れる！
青年　割れて
　僕らの上に！
娘　心のどこかで　見えない岸！
青年　死の重たさを　空しいものに変えるものはなにか！

コーラス男女全員（風の音として）冬《フユー》！　冬《フユー》！……ヒュー
氷雨《ヒョウウウ》！　氷雨《ヒョウウウウ》

（冬、氷雨のかすかなB.G.）

娘　夢のむこうが月あかり
狂うしじまに吹く雪の
白い魂無に消えた

夢のこちらの陽のあかり
そっと動いたとかげなど
黒い魂こげついて

夢のむこうが血のあかり
声のしじまに鳴る鈴の

白い魂ちりぢりに

夢のこちらの人あかり
金《かね》の裏から咲いた首
黒い魂食べあって

娘　もう　なにを食べても　なんにもならないの
さあ　あなたがおたべ　死よ
その肉は
もう　なにを飲んでも　なんにもならないの
さあ　あなたがおのみ　死よ
その血は

青年　ここが火葬場

むこうはあの世
ぼくは隠亡
あなたはかまど
燃やせどんどん
生命はくべろ

棺はあついか
あぶらがにじむ
親も隠亡
お袋かまど
産んだその子も
そらそら燃えろ

この世いいかい
むこうはどうだ

燃えたあとでは
文句は言えぬ
ここが火葬場
むこうはあの世

それでどうだい
一杯やろか
ここは火葬場
身ぐるみぬいで
骨をひろって
だまって失せろ

女の声　――年前（実年数を）の八月九日、主人は戦闘帽にゲートル姿で元気に造船所に出勤しました。当時三十一歳の元気盛りの夫でした。浦上方面より立上る黒煙のものすごさに不安を感じ会社に電話しても主人との連絡はとれません。夜十時も近くなって会社の友達数人によって担架でかつぎ込まれた夫の姿に驚きました。見えるのは左眼とくちびるだけで、顔も両手首、両足、皆白い包帯でした。頭髪は焼けちぢれて、国防色の上着、サージのズボンは黒こげに裂けてまるで破れ障子の様でした。体全体火傷の水泡は身動き一つ許さない。長女は「おばけ」とこわがります。

女の声　あの時のペロペロに焼けただれた火だるま。炭の様に黒こげになってゴロゴロころがっている死体。髪はじりじり焼け、さまよい歩く人。

男の声　全住民は、陛下への万歳と皇国の必勝を祈って、死のうと決意を固めた。かねて防衛隊員にわたされていた手榴弾二個ずつが唯一の頼り。親族がひとかたまりになり、一発の手榴弾に二、三十人が集った。そこここに爆発音が起り、老若男女の肉は四散した。死にそこなった者はこん棒で頭を打合い、カミソリで自らののどを切り、鍬や刀で親しい者の頭をたたき割る。

男の声　国民の犠牲なんぞはもう狎れっこでしょう。今でも日本は国民のいのちと生活を犠牲にして公害の被害など知らぬ顔。水銀汚染問題、ヘドロ公害、光化学スモッグ、サリドマイド、ヒ素入りミルク――

女の声　都公害研の観測結果から計算すると、年間七十万トンの硫酸と、二十四万トン硝酸が都民の頭のうえに降りそそいでいる……。

男の声　和夫は午前二時五十分頃、突然起きて「みんな死ぬんだ」と口ばしり、台所から刺身包丁を持出して、寝ていた妻の三千代さんの腹部、背中などを刺した。三千代さんが東隣の中尾さん方に助けを求め、中尾さんらが三千代さんの家へ戻ると、土間に三千代さんの妹の薫さんと長男の利喜男ちゃんが倒れ、そばにオートバイ二台が倒れて燃えており、近くで長女の利津子ちゃんも背中を刺されやけどを負って倒れていた。火は間もなく消しとめたが、薫さんと利喜男ちゃんは、いずれも右胸を刺され大やけどをして死んでいた。

青年　なんにもないのになにかがあって
なにかがあるのになんにもなくて
ふわふわふらふらただようばかり
うみのそこやらくものなかやら

なにもみえないなにもきこえぬ
どこがどこやらなにがなにやら
ここがそこやらそれがなぜやら
わすれてただようはてないくらやみ
くらげのゆれかぜりいのふるえ
めくらめっぽうまいごのことば
ことばいぜんのとおくのきおく
とおくのはなだとおくのめまい
じったいのないむいしきのはて
やみでもなにかかすかによぎり
それがいつやらそれはいまやら
あかりのなかのまいごのまよい
ふわりとつぶれふわりとひらく
ゆきのなかかなそらのなかかな
なんにもないのになにかがあって

なにかがあるのになんにもなくて
とじられたへやなのか
あけきったがらんどか
でぐちもないしいりぐちもない
これからいつまでだれがいるのか
このままいつまでだれがいるのか

コーラス男女半分（半分は自分たちの状況を知らぬ風にポカンとしている）　君
だ　僕だ　みんなそこに
ひとりひとりが　なにも知らずに
たましいは　別に苦しむ
なにごとも　なにごとも
知らぬまま

娘　死の王国は

商人ばかり
永遠不滅を売りましょう

商人　心臓　爆弾　なんでもさあどうぞ

娘　死の王国は
商人ばかり
安眠極楽売りましょう

商人　お金と　女は　いつでもさあどうぞ

コーラス男女全員　怒れ　僕らの
星を壊す者らを
怒れ　僕らの
月を壊す者らを
倒せ　僕らの
心を壊す

世界

青年（暗鬱に）　死が僕に親しい
　僕はもう　見るのも倦きた
　聴くのも倦きた
　ただひとり
　心臓土に埋め
　のびる髪　たまる垢とも縁をきり
　冷汗や知らぬ顔
　つむじ曲りや身勝手の
　背広やズボンもぬぎすてて
　ふりちんすがたで小川につかり
　雲にとけたい
　死が僕に親しい　あの女
　そのキッスで

朝毎ひらく僕の瞼を
もう閉じてくれ

コーラス男女（各グループで順次一行ずつ）　やめろ　眼を閉じるな！
やめろ　ダメなやつ
やめろ　ぞうり虫
やめろ　きゅうりづら
やめろ　豚の皮
やめろ　すまし汁
やめろ　栃木そば
やめろ　のはら糞《くそ》
やめろ　カラスぐち
やめろ　若しらが
（女のみ、素早くきっぱり）やんで　通り雨！

男の声　死は、地下の喫茶店のくすんだ壁とか机のうしろから、親しげに誘うかもしれないが、それは嘘だ。

その時代の海の波は一面おしよせる。光でできた海は、その光の裏はことごとく闇であり、暗黒である。

僕はあるひとつの地獄を見た。水島工業地帯の異様な光る煙と機械の大群落。あさく海水につかった、はずれの墓地。何気なくそれらが在ることの、僕らの意識のなかに入りえることの、異様さ。或る私企業のつくりだしたところの、ある政治のつくりだしたところの一つの富の極限。一つの死の叫喚。一つの沈黙の殺戮。一つの空無。

僕らの未来図と死の存在は確実にそこにあった。僕らは腐敗もしない無機質と化して、抽象物として、そこに存在させられるだろう。そこでは生きた鳥は飛ばないだろう。

娘　おかしな男
頭とりかえ　手足も交換

犬の心臓　胃の中はゴム
死にもしないし　腐りもしない

おかしな男
死にもしないし　腐りもしない
心機械で　身体は工場
壊れるだけで　不平も言わぬ

おかしな女
その血は水で　身体が土だ
あらゆる場合　変装をこのみ
生みっぱなしで　毒を育てる

おかしな女
いつから村に　いつから街に

アンドロイドだ　眼玉動かぬ
千年すごす　やもめの女

異様な狂気の女の声　母
ハハハ
卵の保存　山の奥へ——
母
ハハハ
卵の保存　海の底へ——

青年たち　闘おう　闘おう僕ら
僕らを狂わすものと
人類という総体で

青年　馬鹿　そんなものどこにもねえよ

コーラス女全員（詰問の調子）　医学　医学は何をしているの？

コーラス男一部　医学は病院を建て、患者を集めております

コーラス女全員　科学　科学は何をしているの？

コーラス男一部　科学は月から金星をめざしております

コーラス女全員　哲学　哲学はなにをしているの？

コーラス男一部　哲学は今でも絶対矛盾の自己同一であります

コーラス女全員　文学　文学はなにをしているの？

コーラス男一部　文学はセックスしているんです

コーラス女全員　宗教　宗教はなにをしているの？

コーラス男三人ほど（やや後めた気に図太く）　お布施の　お祈りしております

コーラス男女全員　人　人　人　人

おいで人

コーラス男女全員　猿！　猿！　猿！　猿！

いつか去る

青年　輪卵管をゆらゆらと一個の卵が
娘　輪卵管をゆらゆらと一個の卵が？
青年　それでおしまい　おしまい
娘　それでおしまい？
青年　魂の失綜につき　重要参考人として　肉体の召喚を
娘（激しい嘆息）魂！
コーラス男女（ボカリズム風に展開）魂！　魂！　魂！　魂！　魂！　魂！
魂！　魂！　魂！　魂！
青年　捜査困難！
コーラス男女　捜査困難！

青年と娘

群青《ぐんじょう》のみなし子ひとり
群青の嵐吹きすぎ
塩酸の笑い
人気ない白い
乳母車いく

乳母車いく
星をこえひとり
ころころと急ぐ
――いなか道は音が遅れる
　いなか道はとぎれるのが取柄

太陽はいう
心臓は火どこ

肉だんご燃えろ
——人殺しのうたはむごいぞ
　人殺しのさけびはこわいぞ

群青のみなし子ひとり
群青の嵐吹きすぎ
塩酸の笑い
人気ない白い
乳母車行く

初出一覧

背中　「ユリイカ」一九九八年五月号
無言で　同右
柩　同右
街道筋　同右
大きな手　同右
うた　同右
丘々　同右
女の子に　ある日　同右
今夜の読書会　同右
旅人　同右
時々　同右
当然　同右
面識　同右
いい気な妄想　「ユリイカ」一九九九年八月号
幼時　「たまや」四号、二〇〇八年五月

しあわせの記憶	同右
あなたは誰	同右
黒点	同右
変な感じ	同右
こうなったうえは	同右
侵入者	「ミッドナイト・プレス」創刊号、一九九八年秋
階段を降りる足どり	「現代詩手帖」一九八九年一月号
歌	同右
祝言	「ミッドナイト・プレス」二〇号、二〇〇三年夏
宿命	同右
古人	同右
月光	「ユリイカ」二〇〇三年五月号
生け贄	同右
凍った白鳥	同右

その他は未発表

伝言《でんごん》

著者
中江俊夫《なかえとしお》
発行者
小田久郎
発行所
株式会社 思潮社
〒一六二―〇八四二 東京都新宿区市谷砂土原町三―十五
電話〇三(三二六七)八一五三(営業)・八一四一(編集)
FAX〇三(三二六七)八一四二
印刷所
創栄図書印刷株式会社
製本所
小高製本工業株式会社
発行日
二〇一〇年七月二十五日